國家圖書館出版品預行編目資料

稻草人／夐虹著；拉拉繪.——初版二刷.——
臺北市：三民，2005
面；　公分.——(小詩人系列)

ISBN 957-14-2288-6　(精裝)

859.8　　85003966

國際網路位址　http://sanmin.com.tw

著作人　夐　虹
繪圖者　拉　拉
發行人　劉振強
著作財產權人　三民書局股份有限公司
臺北市復興北路386號
發行所　三民書局股份有限公司
地址／臺北市復興北路386號
電話／(02)25006600
郵撥／0009998-5
印刷所　三民書局股份有限公司
門市部　復北店／臺北市復興北路386號
重南店／臺北市重慶南路一段61號
初版一刷　1997年4月
初版二刷　2005年11月
編　號　S 853101
定　價　新臺幣貳佰捌拾元整

行政院新聞局登記證局版臺業字第〇二〇〇號

ISBN　957-14-2288-6　(精裝)

兒童文學叢書

·小詩人系列·

稻草人

夐　虹／著

拉　拉／繪

三民書局

詩心・童心

——出版的話

可曾想過，平日孩子最常說的話是什麼？

「媽！我今天中午要吃麥當勞哦！」「可不可以幫我買電視上廣告的那種電動玩具！」「我好想要百貨公司裡的那個洋娃娃！」

乍聽之下，好像孩子天生就是來討債的。然而，仔細想想，這些話的背後，絕不只是貪吃、好玩而已；其實每一個要求，都蘊藏著孩子心中追求的夢想——嚮往像童話故事中的公主般美麗、令人喜愛；嚮往像金剛戰神般的勇猛、無敵。

為了滿足孩子的願望，身為父母的只好竭盡所能的購買，但孩子們總是喜新厭舊，剛買的玩具，馬上又堆在架子上蒙塵了。為什麼呢？因為物質的給予終究有限，只有激發孩子源源不絕的創造力，才能使他們受用無窮。「給他一條魚，不如給他一根釣桿」，愛他，不是給他什麼，而是教他如何自己尋求！

事實上，在每個小腦袋裡，都潛藏著無垠的想像力與無窮的爆發力。大人常會被孩子們千奇百怪的問題問得啞口無言；也常會因孩子們出奇不意的想法而啞然失笑；但這種不規則的邏輯卻是他們認識這個世界的最好方式。而詩歌中活潑的語言、奔放的想像空間，應是最能貼近他們跳躍的思考頻率了！

於是，我們出版了這套童詩，邀請國內外名詩人、畫家將孩子們天馬行空的想像，熔鑄成篇篇詩句；將孩子們的瑰麗夢想，彩繪成繽紛圖畫。詩中，沒有深奧的道理，只有再平常不過的周遭事物；沒有諄諄的說教，只有充滿驚喜的體驗。因為我們相信，能體會生活，方能創造生活，而詩的語言，也該是生活的語言。

每個孩子都是天生的詩人，每顆詩心也都孕育著無數的童心。就讓這些詩句在孩子的心中埋下想像的種子，伴隨著他們的夢想一同成長吧！

作者的話

我為小朋友寫這些田園的詩，請小朋友來我的想像世界，經歷我童年的經歷。而我也因為對小朋友的這番邀請，又重溫自己的童年。

童年是無憂無慮的世界，好奇、美好而有趣。我感謝我的父母選擇臺東住下，讓我的童年在秋季漫天漫地的風飛砂、在大樹譁然彎腰的颱風夜、在滿園蘭馥桂香的春暖裡、在父慈母愛的呵護中成長，使我一輩子有勇氣、有想像力，做事認真、待人和善。十五歲立志寫詩，如今已五十多歲，仍在創作。這一生，我過得很自在，時時感念雙親引領我在山寒野曠潮音風聲的自然中成長。

親愛的小朋友，這便是我能為你們寫詩的「能源」，願你們也有一個不斷在餵飽你身心魂夢、填充你創造能源的「自然之詩」的童年。

目次

互炫

兩個小孩在互炫
大小孩說：
「我有氣球！你沒有！」
小小孩說：
「我有新衣服！你沒有！」
兩個小孩在互炫
小小孩攤開雙手說：
「我什麼也沒有！」

大小孩愣住了
不知道該怎麼炫「沒有」
不知道有什麼
比「什麼也沒有」
更沒有？

雙方在互比互炫時，
若想在「有」上面稱勝，
是大勝小、多勝少、
高勝低、美勝醜……
若純粹想在「比」上面得勝，
那麼，有什麼比「無」更「無」？
有什麼比「沒有」更「沒有」？
——「沒有」，比贏了。

路

走著的
黃泥路
一條彎彎的
走在草原當中
一條黃泥路
走到天際雲朵

走著的我
走在走著的路上
黃泥路向草原走
草原向天
走到雲朵

那是走著的黃泥路
那是彎彎的路上我在走

在詩的國度裡，
宇宙萬物都賦有生命，動靜自得。
黃泥路伸向遠方，與天際相連，
好像是路自己走過去的；
那連天的草原，也是自己走過去的。
宇宙充滿生命的動感，
生命的動感給人美感。

住家

所有的小孩
都住在自己媽媽的心裡
媽媽的心，用粉紅色
或水藍色、淡綠色、鵝黃色
或淺紫色的絲絨
為寶寶鋪床
窗口排了一排
風信子、波斯菊、日日春與燕子花
鳳蝶、蛺蝶和小綠鳥
天天飛來和寶寶做伴
所有的小孩
都住在自己媽媽的心裡
媽媽引清泉為寶寶洗滌
媽媽用微笑喚寶寶起床

不論很近，還是隔得很遙遠
不論看不看得見媽媽
所有的小孩
都是媽媽的最寶貝
所有的小孩
都有自己的媽媽
他們團聚在媽媽「心」的住家

孩子是媽媽的最寶貝，他們團聚在媽媽「心」的住家。而天下所有的孩子，也無時無刻不在感念母恩——天下使用最多次、聲調最動人的語句，發自心的最深處的，是：「媽媽，我愛您！」

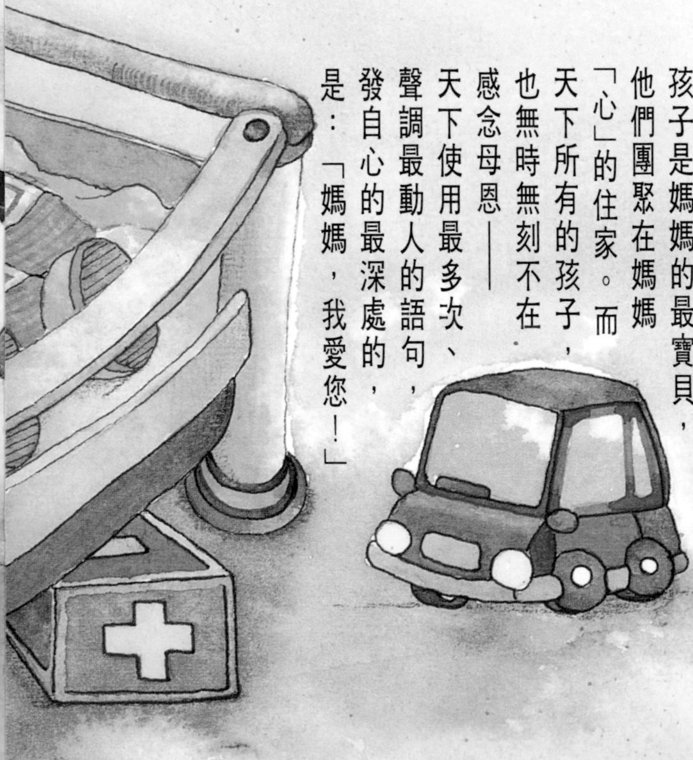

說芬芳的話

媽媽好希望成為一位修辭學家
知道用最柔雅的語句
對寶寶做貼切的表達

媽媽好希望成為一位聲樂家
可以用美妙的音韻
對寶寶說動人的話

生怕寶寶有最脆弱的心版
媽媽好希望成為一朵「媽媽大薔薇」
好對一朵「寶寶小薔薇」
說芬芳的話

讀完了這首童詩，親愛的寶寶，
是不是也有許多話要告訴媽媽？
在親愛的「媽媽大薔薇」
小心翼翼的護養下，
「寶寶小薔薇」長大了會
動靜得宜、體貼善良、感情深長。

靜音

媽媽睡著了
爸爸睡著了
姐姐睡著了
只有我，睡不著

我聽到牛蛙在叫：ㄍㄨㄚˇㄍㄨ·ㄍㄨㄚˇㄍㄨ……
我聽到蟋蟀在叫：ㄐㄧㄌㄧ·ㄐㄧㄌㄧ……
我聽到摩托車馳過的聲音：ㄆㄨ·ㄆㄨㄆㄨㄆㄨ……
我聽到什麼都靜下來了……

聽著聽著
我也靜靜的睡著了

這首詩記錄小孩將睡未睡
到睡著了的過程。孩子說：
「我聽到什麼都靜下來了……」，
「安靜」竟然聽得到，
聽到安靜，
其實是小孩睡著了。

螢火光

晚風吹過芒草叢
浮出許多游移的亮點
一下子明
一下子滅
在風的流線上
玩衝浪

小孩說：
「媽媽，快來看！
芒草上面有好多
會飛的小星星，和
盪秋千的小燈籠

一下子亮
一下子暗
在玩捉迷藏！」

天然發光的東西都很美麗，
引人遐思。
旭日、明月、閃電、星輝，
乃至海洋、湖泊、白雪的反光，
都令人讚歎！
而夏夜一閃一閃的螢火蟲，
則把光連成了流動的線條，
譜成發亮的曲子，
在孩子心中轉換成喜悅的詩章。

撿到紫石

小豆在花蓮海岸
撿到一顆紫色圓石
看起來不太起眼
但小豆喜歡

當小豆埋頭尋找的時候
浪沫噴到她的衣裳
海風吹著她的面頰
雲光照亮她的眼睛
天空彎下來，親一親
她額前的亂髮
小豆沒有理會
她一心一意

終於發現這顆紫色圓石

在花蓮海岸

臺灣東部海岸

有許多美麗的景觀，

像花蓮七星潭有磊磊的鵝卵石，

臺東三仙臺有清澈見底的麥飯石海岸。

美麗的山岩海石都是國家的財寶，

我們觀賞過了，什麼美石也不要帶走，

什麼瓶罐也不要留下，

讓自然保持原狀。

農夫的家

要走到農夫伯伯的家
得經過一條蜿蜒的路
路把金黃色的稻田推開
左手邊看白鷺和風箏飛起
右手邊許多彩霞落下

那條路經過一個長坡
往上爬，迎面是琉璃藍天
往下溜，拂身是清涼微風
幾個上坡下坡
榕樹的旁邊
門口有鋤頭和大雨鞋
那就是農夫伯伯的家

農夫住在哪裡？
原來農夫住在美感深處，
造訪者要經歷那金色稻田、
白色飛鷺與風箏、
炫麗之彩霞、琉璃藍天，
又穿過舒宜的涼風，
上坡下坡，才能到達農夫的家。

稻草人

稻草人來了
稻草人從哪裡來的呢
經過推測也許這樣：
有一天全地球的
山上、平原、海邊
所有的農夫突發一個
共同的靈感：
「讓我們紮一個稻草人吧
讓稻草人站在田裡
為初播的種子
為成熟的莊稼
忠誠的守衛！」

於是各式各樣的稻草人
紛紛登場
農夫依著自己的想像
賦予稻草人謙卑而
樸拙的模樣

野鷓鴣啦、老農夫啦
會在鐵軌上散步
小火車一急，就把
「快讓開！
我來了！
快快快！」
說成一長串的：
「嗚嗚嗚——況噹況噹……」

這幾天
小火車，好忙好忙
載滿了甘蔗
向糖廠開去的小火車
它擔心放學的小朋友
歸巢的小麻雀、白頭翁

回家的小狗和水牛
會抄近路走在鐵軌上
小火車一急，又
「嗚—嗚—況噹況噹！」的
高聲說一長串：
「快！快！快！
我來啦！
快讓！快讓！
好忙！好忙！」

臺灣南部肥沃的平原上
種了好多甘蔗。
四通八達的溝渠水圳
把溪河的流水
引到每一片開墾的農地。
光合作用下，農作物
真能一夜長一吋。
一大片一大片的甘蔗園，
高高的甘蔗可以榨出
多少糖啊！豐收之季，
小火車有得忙啦！

一把掃把

一把掃把
可以掃掉絆腳的石塊
可以抵住突兀的樹枝
可以打開蛛網之張羅
可以探測水深
查出坎陷

一把掃把有利於夜間的
登高走低快跑
甚至飛翔

掃掃掃
一把掃把
掃掉夜間
無星光
無月光
無燈光
無螢火光時的
尷尬

一把掃把
掃掉夜間
無明的恐懼

原來如此啊
難怪巫婆的飛行器是
一把掃把
但也可見巫婆是
又小心又害怕
她絕不膽大

掃把取得容易、功用很廣。
原先我們都以為巫婆膽子很大，
經過辯證才知道
巫婆是又小心又害怕的——
要不然，她為什麼在夜間騎掃把呢？
掃把是用來掃除障礙和抵擋可怕物的啊，
如果巫婆膽子大？

詩後小語，培養鑑賞能力

在每一首詩後附有一段小語，提示詩中的意象、或引導孩子創作，藉此培養孩子們鑑賞的能力，開闊孩子們的視野，進而建立一個包容的健全人格。

釋放無限創造力，增進寫作能力

在教育「框架」下養成的孩子，雖有無限的想像空間，卻常被「框架」限制了發展。藉由閱讀充滿活潑想像的詩歌，釋放心中無限的想像力與創造力，並在詩歌簡潔的文字中，學習駕馭文字能力，進而增進寫作的能力。

親子共讀，促進親子互動

您可以一起和孩子讀詩、欣賞詩，甚至是寫寫詩，讓您和孩子一起體驗童詩繽紛的世界。

兒童文學叢書

小詩人系列

每個孩子都是天生的詩人

您是不是常被孩子們千奇百怪的問題問得啞口無言？
是不是常因孩子們出奇不意的想法而啞然失笑？
而詩歌是最能貼近孩子們不規則的思考邏輯。

現代詩人專為孩子寫的詩

由十五位現代詩壇中功力深厚的詩人，將心力灌注在一首首專為小朋友所寫的童詩，讓您的孩子在閱讀之後，打開心靈之窗，開闊心靈視野。

豐富詩歌意象，激發想像力

有別於市面上沒有意象、僅注意音韻的「兒歌」，「小詩人系列」特別注重詩歌的隱微象徵，蘊含豐富的意象，最能貼近孩子們不規則的邏輯。詩人不特別學孩子的語言，取材自身邊的人事物，打破既有的想法，激發小腦袋中無限的想像力與創造力。